GIANNIS ANTETOKOUNMPO

POR JOE TISCHLER

Inspirar es una publicación de Amicus
P.O. Box 227
Mankato, MN 56002
www.amicuspublishing.us

Editores: Aidan Whitcomb and Megan Siewert
Diseñadora de la serie y libro: Kathleen Petelinsek

Library Binding ISBN: 9781645499657
Paperback ISBN: 9798892000154
eBook ISBN: 9798892000581

Créditos de Imágenes: AP Newsroom/Chris Szagola, 20, Kathy Willens, 9, Marty
Jean-Louis/Sipa USA, 16–17, Morry Gash, Cover, 5, 10, 18, Petros Giannakouris, 18–19;
Getty/Andrew D. Bernstein, 13; Pixels/Harlie Ricks, 8; Shutterstock/New Africa,
4; Wikimedia Commons/Chad Davis, 12, Erik Drost, 14–15, Michael Barera, 21,
sixtwelve, 6

Impreso en China

Índice

4 **Superestrella**

7 **Niñez griega**

8 **A la NBA**

11 **Líder del equipo**

12 **Campeón**

14 **El mejor de la liga**

17 **A la defensiva**

18 **Hermanos del básquetbol**

21 **Ayudar a otros**

22 Superestadísticas

23 Glosario

24 Índice alfabético

Superestrella

Giannis Antetokounmpo corre a toda velocidad por la cancha. Salta alto. Atrapa un pase. Arroja la pelota por el aro. ¡**Clavada**!

Antetokounmpo es una superestrella del básquetbol profesional. Juega para los Milwaukee Bucks.

¡Antetokounmpo hace
que las clavadas
parezcan fáciles!

Antetokounmpo y sus hermanos empezaron a jugar básquetbol callejero en Grecia.

Niñez griega

Antetokounmpo nació en Grecia. Sus padres son de Nigeria. Ellos se mudaron a Grecia antes de que Giannis naciera. Se esperó hasta la edad de 13 años para jugar básquetbol. Pronto, se convirtió en uno de los mejores jugadores jóvenes del país.

A la NBA

En Grecia, los **ojeadores** profesionales empezaron a notar las habilidades de Antetokounmpo. La National Basketball Association (NBA) **reclutó** a Antetokounmpo cuando tenía 18 años. Fue el 15° seleccionado general en 2013. Los Bucks lo eligieron. Ellos juegan en Milwaukee, Wisconsin.

APODO
El apodo de Antetokounmpo es "Greek Freak" (fenómeno griego). Su talento para el básquetbol es mejor que el de la mayoría de los jugadores.

Los ojeadores profesionales estaban impresionados con la altura, la velocidad y las habilidades de Antetokounmpo.

Antetokounmpo bloquea un tiro durante un partido contra los Cleveland Cavaliers.

Líder del equipo

Antetokounmpo es **ala-pívot**. Hace tiros. Agarra los rebotes. Bloquea tiros. Roba pases. Los Bucks ganan muchos partidos gracias a sus grandes jugadas. Él demuestra su liderazgo al jugar con pasión y energía.

Campeón

Antetokounmpo pronto se convirtió en el mejor jugador de la NBA. En 2019 y 2020, fue votado como el **Jugador Más Valioso (MVP)** de la NFL. En 2021, los Bucks se convirtieron en los campeones de la NBA. ¡Fue el primer título de la NBA para Milwaukee en 50 años!

Los aficionados de los Milwaukee Bucks celebran tras volverse campeones de la NBA.

Los admiradores apoyan Antetokounmpo mientras que él muestra con orgullo su trofeo MVP.

EL JUGADOR MÁS VALIOSO (MVP)

Antetokounmpo fue nombrado el MVP de las finales 2021 de la NBA.

El mejor de la liga

Antetokounmpo ha jugado en muchos Juegos de Estrellas de la NBA. ¡Lo han elegido capitán del equipo para ese partido, en tres ocasiones! Los demás jugadores de la NBA saben lo bueno que es. A los aficionados les encanta ver que tanto se divierte mientras juega.

Antetokounmpo es muy alto. Mide 6' 11" (210 cm). Su estatura le ayuda a bloquear tiros.

A la defensiva

Antetokounmpo es excelente jugando como **defensa**. Usa sus brazos largos para bloquear tiros de los otros equipos. En 2020, fue votado Jugador Defensivo del Año de la NBA. Hasta 2023, ha sido nombrado para el Mejor Quinteto Defensivo de la NBA, cinco veces.

Hermanos del básquetbol

Giannis tiene tres hermanos que también juegan básquetbol profesional. Su hermano mayor, Thanasis, juega en la NBA. Sus hermanos menores son Kostas y Alex. Actualmente, juegan en otras ligas profesionales. Esperan pronto poder llegar a la NBA.

COMPAÑEROS DE EQUIPO
Giannis y Thanasis son compañeros de equipo en los Bucks.

FREAK
FREAK
FREAK
EN I W
I WAS
O GET T
BUT WH
STRO
AND RE
HOW BIG
COMP
TO EVERYB
THAT'S
MY GAME T

A Antetokounmpo le encanta retribuirles a sus admiradores.

Ayudar a otros

La **pandemia** de COVID-19 fue difícil. Nadie podía ver a los partidos de la NBA en persona. No necesitaban a los trabajadores del estadio. Antetokounmpo les donó dinero a ellos. También donó mascarillas para la gente de Grecia. Su generosidad se ve por todas partes del mundo.

DÓNDE JUEGAN LOS BUCKS
Los Bucks juegan sus partidos locales en el Fiserv Forum. Está en Milwaukee.

GIANNIS ANTETOKOUNMPO

Apodo: "Greek Freak"

Nació el: 6 de diciembre de 1994

Lugar de nacimiento: Atenas, Grecia

Se unió a los profesionales: 2013

Equipo: Los Milwaukee Bucks

PREMIOS/LOGROS

All-Star de la NBA: 2017–23 (7 veces)

Campeón de la NBA: 2021

Jugador Defensivo del Año de la NBA: 2020

El Jugador Más Valioso de las finales de la NBA: 2021

El Jugador Más Valioso de la NBA: 2019, 2020

ala-pívot Posición en el básquetbol que juega cerca del aro.

clavada Un tiro de básquetbol en el que la pelota se lanza desde arriba del aro.

defensa La parte del partido donde el objetivo es evitar que el contrincante anote.

El Jugador Más Valioso (MVP) Premio otorgado al mejor jugador de la liga.

ojeador Persona contratada por un equipo deportivo profesional para que busque atletas talentosos en todo el mundo.

pandemia Brote de una enfermedad que afecta a una zona muy grande o al mundo entero.

reclutado Seleccionado para un equipo deportivo profesional.

ÍNDICE ALFABÉTICO

campeón, 12

capitán, 14

defensivo, 14, 17

draft, 8

El Jugador Más Valioso (MVP), 12, 13

Finales de la NBA, 13

Grecia, 7, 8, 21

hermanos, 6, 19

Juego de Estrellas, 14

Milwaukee Bucks, 4, 8, 12, 18, 21

Acerca del autor

Joe Tischler es editor, periodista deportivo y un ávido fanático de los deportes que vive en Minnesota. Él ha escrito sobre partidos de nivel preparatoria, universidad y profesional en los periódicos. Sus equipos favoritos son los Twins, los Vikings, los Timberwolves y los Golden Gophers.